Otro tipo de música

COLOMBINA PARRA
Otro tipo de música

RANDOM HOUSE

Penguin
Random House
Grupo Editorial

Primera edición: febrero de 2023

© 2022, Colombina Parra
© 2022, de la presente edición en castellano para todo el mundo:
Penguin Random House Grupo Editorial, S.A., Santiago de Chile
© 2023, Penguin Random House Grupo Editorial, S.A.U.
Travessera de Gràcia, 47-49. 08021 Barcelona

Printed in Spain – Impreso en España

ISBN: 978-84-397-4228-9
Depósito legal: B-19.272-2022

Impreso en Liberdúplex
Sant Llorenç d'Hortons (Barcelona)

RH 4 2 2 8 9

No se consigue nunca hablar de lo que se ama.

ROLAND BARTHES

Recordándote

Hoy fui a comprar y en la calle vi caminando a un señor de muchos años. Caminaba solo y con un bastón que usaba decorativamente más que por necesidad.

Lo miré un rato y caminé detrás de él. Me recordó a mi padre y entonces no me resistí y me acerqué a él y le pregunté a quemarropa «¿cuántos años tiene usted?».

Mientras le preguntaba me sentí una impertinente. Él paró de caminar, me miró y con un gesto de «qué es esto si estamos en pandemia. Nadie le debe hablar a nadie».

Me miró impactado por estar atreviéndome a hablarle con mascarilla. Me miró de nuevo y aceptó la pregunta y me dijo: qué edad me echa usted. Y pude ver una semisonrisa en sus ojos. Me dijo: «écheme cuántos tengo». Le dije: «ochenta y cinco». Me tiré al vacío. Me dijo: «tengo noventa y tres». Le dije «mi papá llegó a los ciento tres. Me dijo: «¿y está vivo?», con cara de contento.

No, se murió.

No supe cómo decirle que había sido hace ya tres años y no por coronavirus. Porque cuando le dije «murió» mostró una cara de «no me gustó el cuento».

Después, para salir yo de la incomodidad que a lo mejor le había producido, le dije «lo felicito. Usted está muy bien». Me miró con una cara de plenitud. Yo quería quedarme conversando, pero éramos dos desconocidos en una calle con mascarillas.

Tipos de libertad

La encuentro demasiado inteligente. Demasiado linda. Demasiado todo.

Por mi parte, entre la loza y los paños de cocina, con las manos agrietadas, huelo a cloro, a polvo y a sábanas usadas, pero cuando miro el mar y las flores de colores me siento libre, como cuando piensas que eres grande y tomas el bus sintiéndote al fin con cierta independencia.

EN LA CÁRCEL

Ayer llegué con olor a cárcel. Vi una camilla que venía por un túnel con un acuchillado. Vi a los travestis sexys que se pasean con sus faldas cortas entre los presos. Vi a un niño encerrado en una celda de castigo meando contra la muralla. Vi a los gendarmes cargando esposas brillantes. Vi detrás de las rejas miles de palomas que venían a comer.

GUITARRAS SONANDO

Cuando la casa se llenaba de guitarras quería decir que habían llegado los tíos. Dele que dele las guitarras sonando. «Chao, papá. Nos vamos al colegio.» «¿Para dónde va usted, Colombinita?» «Al colegio.» «No, no, no, no, no. ¿Al colegio? ¡Pero si este es el verdadero colegio! Déjese de pamplinas: este es el colegio.»

Tipos de aplausos

Hay aplausos cálidos, otros sin ganas y algunos medio forzados. Pero hasta ahora nunca había escuchado un aplauso asustado, un aplauso ilusorio de esperanza frustrada. Como que emociona y al mismo tiempo choca. No sabes si es espontáneo o triste.

Un aplauso que tiene hora definida.

Un aplauso neurótico lleno de desafíos.

Un aplauso raro, un aplauso mentiroso que nos une y que nos recuerda nuestra reclusa separación.

Un aplauso que tacha la diferencia entre el vacío y el negro y que ensordece el alma que escucha la nada. Respiro y escucho piedras en mi garganta, y toso un poco para disimular mi propio miedo.

Después se me olvida y me tomo la leche con chocolate caliente y vivo el momento y miro por la ventana cómo se mueve una nube.

En cuarentena

Un discurso absurdo sobre el funcionamiento de los celulares

Ayer un amigo me ofreció hacer vinilos de mi banda punk. Me preguntó por el máster original, para mandar a hacer las copias. Hice memoria y recordé a todos los tipos mafiosos que me tuve que tragar en esa época cuando era una niña llena de rabia y bueno, no sé cómo fui a parar en manos de esa industria que le llaman, con estos tipos que creían hacerse ricos publicando estas bandas llenas de resentimiento. Me armé de valor y llamé a uno de ellos.

—¿Aló?

—Sí, sí. ¿Aló? ¿Quién habla? —me dijo con el tono argentino que yo ya había olvidado. Un tono de «Aló, aló, *sho* no pierdo mi tiempo. Por favor identifíquese».

Su voz me produjo de inmediato una automatización de todos mis intestinos al punto de sentir que no iba a poder hablar media palabra.

—¿Hablo con Sachavedra? —le dije con voz entrecortada y cierto acento argentino.

—Sí, sí —me dijo con un tono fuerte, pero semitembloroso.

—Soy Colombina —le dije con un tono argentino burlesco.

—¡Colombina! —me dijo, y con ese «Colombina» me decía tantas cosas. Me decía: «No me hice rico con vos».

Me decía: «Qué te trae por aquí, si nunca fuiste una superventas». Me decía: «Cuál es la deuda mía contigo».

—Es que estoy en Buenos Aires y mi teléfono no sé qué, no sé cuánto —replicó. Un discurso absurdo sobre el funcionamiento de los celulares. Medio minuto en eso para tratar de disuadirme y que yo le dijera: «Te llamo en otro momento». Quise hacerlo sufrir un poco más y que se mamara la llamada y extender su incomodidad. Cuando ya sentí que lo había molestado bastante, le dije que quería publicar el disco en vinilo.

—Hablá con Sony —me dijo–. Ellos a veces llegan a un acuerdo con los artistas para eso.

—¿Crees que me puedan pasar el máster? —le dije.

—Bueno, sí. Tenés que pagarles a ellos los derechos y claro, podés llegar a un acuerdo pagando los respectivos *royalties*.

—Ah, ok. Comprarles...

—Sí, sí, *sho* te mando su contacto.

—Bueno, *sha*, chao.

Corté el teléfono y me sentí la misma tontita que alguna vez me sentí cuando este mismo tipo me decía: «Cambiá el coro. No repitás la melodía esa tantas veces».

Aquí estaba, humillada una vez más por un tipo que no tenía nada que ver conmigo ni con mi música.

Caminé un rato pensando en nada. Vi cómo gente barría las hojas que caían de los árboles. Por qué las barren, me pregunté, si son tan lindas. Imaginé una alfombra de hojas secas en el pasto que circundaba los edificios y entonces comprendí que no era solo el tipo del sello el equivocado. Los barredores de hojas también lo estaban. Me sentí acompañada por las hojas y me prometí a mí misma que no iba a comprar mi propia música y que, entonces, me tendría que autopiratear. Así que llamé a mi amigo, feliz, para darle la gran noticia de que sí, de que íbamos a publicar discos piratas. No con la mejor calidad de sonido, pero algo de esa rabia que tuvimos la encontraremos en el murmullo de algún casete viejo.

Llamé y llamé, pero no me contestó.

Carmen Berenguer

Me imagino contigo caminando en la arena, de noche, pero el frío no estaría bien para ti. Nos imagino aquí, en este rincón, tomando mate y mirando el mar las dos solas, en un silencio anaranjado ante el sol que se pone. Cuando estamos aquí tenemos la misma edad. Quietas, miramos el mismo horizonte.

Palomas

Hoy vi a una mujer vestida de negro. Estaba rodeada de verde, de pasto y de árboles aún más verdes. Llevaba una bolsa grande y daba de comer a unas palomas. Volvía a meter la mano a la bolsa y, de nuevo, volvía a sacar un gran puñado de algo que las multiplicaba por cientos.

Había una adrenalina en ella, en esa acción. No lo hacía con tranquilidad ni era una cuestión meditativa: era una cosa más parecida al deber porque, cuando se le acabó lo que llevaba dentro, metió la bolsa a una maleta con ruedas y se fue sin la necesidad siquiera de observarlas un rato.

Yo me quedé mirándolas pelearse el alimento, pero ya no era lo mismo.

El cojo

Estábamos en el malecón sentados, de noche, luego de pasar por la larga pasarela de mujeres que, en vez de prostitutas, preferiría llamar gacelas o con algún nombre de pájaro silvestre: sinsontes, por ejemplo.

Eran muchas las gacelas ahí paradas. Una tras otra, cada cual con su propio estilo y belleza. De repente, frente a los edificios vacíos y descascarados, apareció una silueta cojeando. Mejor dicho: a esta silueta que ya se definía le faltaba una pierna.

Nos abordó y decididamente se sentó a mi lado. Nos preguntó qué queríamos hacer, si queríamos divertirnos. Propuso ir a un lugar a escuchar música y tomar y conversar, todo dicho en un tono amenazador, obligatorio.

Le contestamos que no, que estábamos muy bien allí sentados, pero el hombre insistió en que fuéramos entonces a otro lado que era incluso más entretenido que el anterior. Entonces me di cuenta de que solo le había puesto oreja porque le faltaba una pierna y que era una lucha conmigo misma la idea de hacerlo sentir que su pierna no me importaba y que lo trataría como a cualquiera. La cosa es que esa sombra que apareció de repente se puso insistente, por lo que nos paramos y nos fuimos. Él se levantó con una sola pierna y nos siguió con una postura más abrumadora y haciendo sonar las muletas contra el piso de cemento. Un sonido agudo, de fábrica. El sonido de un destartalamiento de autos que se estrellan. La situación logró acelerar el ritmo cardiaco en una ciudad desconocida.

El asunto es que nos asustamos y apuramos el paso. Empezó una rápida caminata y el cojo avanzaba a una velocidad idéntica, casi acosadora. De repente, miré hacia el mar y vi a lo lejos relámpagos y grité «¡Allá!», apuntando con el dedo hacia el relámpago. El cojo miró el cielo y desapareció.

ESCUCHADO EN PANDEMIA

—Está muriendo mucha gente, ¿sabías?
—Sí, pero me entretengo haciendo galletitas.

—Está muriendo mucha gente, ¿sabías?
—Sí. Pucha, qué pena, ¿no?

—Está muriendo mucha gente, ¿sabías?
—Bueno, ¿y qué te esperas?, si todos vamos a morir algún día.

—Está muriendo mucha gente, ¿sabías?
—Sí. El gobierno y todos esos conchasdesumadre tienen la culpa.

En cuarentena

CANCIONES DE AMOR

Todo lo escribo desde la rabia. ¿Por qué?

Quiero empezar a escribir desde lo amoroso. El otro día alguien me dijo: «Nunca has hecho una canción de amor».

Le conté a la Juani.

«Estoy muy aproblemada porque alguien me dijo que cuándo iba a escribir algo amoroso, de amor, ¿me entiendes, Juani?»

«Pero cómo», me dijo, «si todas tus canciones son de amor».

Hábitos higiénicos

Ahora dicen que lavemos los celulares. Durante esta pandemia hemos sido capaces de dejar la calle, los amigos, la familia, pero no los celulares.

Limpié el mío con papel confort y jabón, y mientras lo hacía, pensaba: ¿servirá esta cuestión?

Es de las cosas más «grrrrr» que he hecho, y quizás vamos a tener que empezar a hacerlo más seguido, tal y como aquel primate que una vez tuvo que empezar a lavarse.

Quiero ser un primate. No quiero aprender a lavar celulares.

En cuarentena

MÚSICA MASCULINA

Cuando entré a tocar a una banda me pusieron de segunda voz. Por entonces ya tocaba el teclado y hacía música para películas —imaginarias, eso sí—, pero cuando llegué a esta banda me pusieron atrás. «Toca esto y apréndetelo», dijeron. Lo aprendí de inmediato y les demostré que podía, pero ellos no se dieron por enterados.

Me vestí como hombre por varios años para pasar desapercibida en el mundo de los hombres. Canté como hombre y toqué como hombre, y todas las letras estaban cantadas desde un yo masculino porque no quería ser la que cantaba sobre amor y desamor. No quería ser la artista con vestido a la que no respetaba ningún hombre. Por entonces, las cantantes mujeres eran las minas ricas que, rápidamente, eran reemplazadas por la próxima cantante rica.

Tampoco quería que mi música fuera música de minas. Quería que quien la cantara fuera un hombre.

FORMAS DE LEER

Hoy en la Radio María una niña leía un cuento bastante trágico. Más bien, era una mujer que leía como si estuviera en cuarto básico.

A veces se equivocaba y entonces retrocedía y volvía a leer bien. Estaba haciendo un gran esfuerzo por leer bien.

Estuvo así durante diez minutos.

No estaba poniendo atención a lo que leía, sino que estaba preocupada de que de la boca para afuera se escuchara bien, y entonces recordé aquellas lecturas en voz alta en el colegio. Se produjo en mí un relajo como no lo había experimentado desde hacía mucho tiempo. «¿Por qué hay que leer bien?», me pregunté. Es más entretenido escuchar a alguien a quien le cuesta leer.

Era otro tipo de música.

El maestro y el arquitecto

Un arquitecto le tenía encargada una pega a un maestro. Tenía que picar el piso de una cocina y luego poner baldosas.

—Váyase tranquilo pa' Santiago. Cuando usted vuelva, esto va a estar listo —le dijo el maestro.

Dos semanas después se encontró con el trabajo a medio camino.

—¡Pero cómo! ¡Usted me dijo que esto iba estar listo en dos semanas y recién está picando el suelo! —le dijo, furioso, el arquitecto.

El maestro le dijo:

—Shhhhh, ¿usted cree que yo vivo para trabajar? No, po', yo trabajo pa' vivir —respondió el maestro.

El arquitecto quedó en foja cero, mirando el suelo, picado, con unos ojos infinitos inyectados sobre el más allá.

El maestro sonreía con una maliciosa mueca que extendía sobre un silencio sepulcral.

LARGAR LA OREJA

Un compañero de curso me había mandado una carta de amor que era, al mismo tiempo, una nota suicida. El teléfono no paraba de sonar. Era él. Mi papá leyó la carta y dijo: «No. No. Esto no puede ser. ¡Si es un niño!». Entonces decidió contestar el teléfono. Nunca lo hacía. Trató de calmarlo. «Mire, ¿ha leído el *Tao Te Ching*? Según Lao Tse, lo único que no podemos hacer es largar la oreja. Le voy a decir qué es largar la oreja. Cuando pierdes tu naturaleza de buda y empiezas a depender de si la otra persona te miró o no te miró has perdido tu naturaleza de buda. Quiere decir que estás largando la oreja. Cuando largas la oreja, estás perdido...»

Para mí, la conversación entre ellos no tenía sentido. Yo quería que le dijera que parara de molestarme. Estuvieron una hora al teléfono. Cuando colgó, me dijo:

—Lo calmé.

—¿Qué?

—Sí, lo calmé. Yo creo que él entendió todo.

Al día siguiente volví al colegio y apareció mi compañero.

—Hola, Parrón —me saludo, riéndose—. Tú papá me enseñó a no largar la oreja, así que cuidadito con andar largando la oreja.

Realmente había funcionado la conversación. En los recreos me perseguía para burlarse de mis piernas flacas y del tema de largar la oreja.

Nunca supe si realmente la carta que escribió fue en serio o en broma. De todos modos, le agradezco a Lao Tse.

En la playa

Estábamos sentados, mirando un mar furioso y, al mismo tiempo, calmo. Era un mar engañoso y estábamos tranquilos, jugando con un balde. De repente, se acercó una mujer y me preguntó por la mamá. Si acaso estábamos solos.

Pasaban y pasaban los minutos. La mamá no aparecía. La señora nos llevó a la toalla vecina y esperamos frente a cielos blancos y celestes.

De pronto, en la pantalla de mi cine mental, apareció ella, de una belleza descomunal, con la pera partida en dos, tapando con una toalla los chorros de sangre que corrían por su rostro. «Vámonos para la casa», alcanzó a decir.

Caminamos un par de kilómetros y cuando llegamos, empezaron los gritos de nuestro padre. Era una furia nerviosa de perderla.

Y ahí empezó el cuento de la roca y de la ola.

«Venía una ola y me agaché, pero no alcancé a levantarme cuando pasó la ola y entonces me arrastró hacia adentro. Me revolcó muchas veces hasta que llegó el momento en que vi mi fin. Venía una ola gigante a azotarme contra una roca enorme que estaba detrás mío. Lo único que atiné a hacer fue poner mis dos brazos en dirección a la roca como si fuera a volar. La ola me empujó y mis manos toparon con la roca y las algas me amortiguaron. La ola enorme me dio un giro en el aire revuelto con agua y salí volando al otro lado de la roca.»

Cuando contaba aquella historia sentía la importancia que tenía ella en mí. Esa fue la última vez que la vi o era la primera vez que la veía en mucho tiempo. Siempre que la dejaba de ver pensaba en esa roca que la salvó y en que, estuviera donde estuviera, ella estaría a salvo.

VARGAS LLOSA Y LAS LÁMPARAS BRILLANTES

Cada vez que venía alguien importante, previo a la visita comenzaba una operación de limpieza acompañada de un estrés ridículo. Le sacábamos brillo hasta a las lámparas de bronce. Abríamos un armario en donde había un producto que se llama Brasso y con unos trapitos naranjos empezábamos la tarea. Había que limpiar todo como con una alegría desmedida, como si fuera a ocurrir un acontecimiento que nos llevara a la gloria. Esta vez se trataba de Mario Vargas Llosa. El nombre se repitió unas tres veces durante el día y la forma en como se pronunciaba lo decía todo. Las telarañas salían. Los libros se ordenaban y todo tomaba un aspecto encantador. Durante la tarde, cuando se acercaba el momento de su llegada, hubo cierta presión sobre nosotros mezclada con un poco de aflicción. Nos mandaron a comprar los manjares: aceitunas, salame, queso, pan y vino.

Cuando llegaban los invitados, nosotros pasábamos a ser invisibles a las luces y los *flashes*, y solo escuchábamos risas y más risas que se prolongaban hasta la noche. Nos acostábamos con mi hermano y nos quedábamos dormidos en esa placenta sonora de ruidos agradables. Habíamos comido cosas ricas y habíamos jugado a que vendría a vernos un señor muy importante.

Al día siguiente todo era de una normalidad difícil y el frío ni siquiera nos hacía recordar el momento divertido pasado.

Hace poco leí la historia que se cuenta de la visita de Vargas Llosa a Borges en donde este último lo define como un corredor de propiedades.

Distancia social

El beso en la mejilla se debería eliminar.
Tocar al otro.
¿Para qué?

Patas arriba

Ella es tan bonita. Si parece una reina con sus zapatitos dorados. Cuelga de una rama de pino. Le encanta colgarse de las piernas y ver el mundo patas arriba. A veces ella piensa cosas hermosas, como lagunas en donde moja sus pies. Otras veces recuerda cuando fue un crustáceo y se pasaba horas aferrada a una roca.

Un día se fue de paseo y cuando volvió le habían cortado la rama.

Un sueño

Te sonrío mientras comemos en familia, como nunca lo hicimos. Ella agoniza mientras nos tomamos una foto y miramos ansiosamente las redes por más noticias, ficticias o reales, la verdad es que da lo mismo. Algo que ensucie el silencio de mares quietos esperando más muertes. Estamos juntos. Agárrame. Varios están muriendo simultáneamente, como pájaros contaminados. Ataúdes negros en frigoríficos blancos por miles.

Alcanzaremos, amor, a vivir estos días de paz, te lo prometo. Nunca había bailado con tanta emoción en mis entrañas, con tantos espejos en la cabeza. Me dijiste que estaba muerta. Lo decías mientras estabas sentado en la barra de un bar y conversabas con el que te servía los tragos. Yo te preguntaba: «Cómo estás» y tú me decías: «¿Acaso no lo sabes?»

LA CASA DEL HOMBRE IMAGINARIO

Había fuego en la cocina a leña. Mi padre leía en un pupitre y tenía puestos unos anteojos que había comprado en Nueva York. La mujer que estaba trabajando en la casa me pidió que llevara una bandeja de plata con el agua caliente a mi padre para que se hiciera un té. Acatando órdenes, como siempre, tomé la pesada bandeja, una que en otra época, habría estado en algún palacio, creo, y tal vez, en otra época, quizás un mayordomo muy forzudo e impecablemente vestido se la habría llevado a algún rey. Tomé la bandeja y de inmediato sentí su peso en mi cuerpo débil de doce años. Di el primer paso tratando de equilibrarme, di el segundo paso mirando el pupitre al que tenía que achuntar y en eso perdí el equilibrio y derramé la tetera gigante llena de agua caliente sobre mí. Tenía puesto un chaleco de lana celeste. Solté la bandeja y grité. El chaleco de lana, que era lo único que tenía de mi madre, se me pegó a la piel. La eché de menos en ese mismo segundo y lloré.

Desperté un rato después entre doctores que discutían entre ellos la idiotez de alguien que me había puesto aceite en las heridas. Un doctor furioso hablaba por teléfono y le decía a quien estaba del otro lado: «¿Cómo se le ocurre echarle aceite a la quemadura de una niña? ¿No se le ocurrió echarle café también?»

Mientras hablaba y despotricaba, una máquina sacaba toda mi piel del brazo quemado y veía las pelotitas de azúcar, cómo borboteaban en las diminutas respiraciones de la piel. Entendí que los gritos eran contra la mujer que trabaja en nuestra casa. En su *shock* de verme quemada trató de sanarme con aceite y después, con azúcar.

Las curaciones estaban listas y mi padre se sentía culpable. Me llevó de paseo a Conchalí, bordeando cerros. Llegamos por aventura al lugar en donde más adelante escribiría «El hombre imaginario».

De repente paró el auto y exclamó ante un letrero que decía «Se vende chancha paría»:

—Mire, Colombinita, ¡se vende chancha paría! ¡Qué maravilla!

Él trataba de entretenerme, pero nada me quitaba el dolor y el drama del que recién salía. Se bajó del auto, pasó un rato y cuando volvió me dijo: «Vamos a comprar esta casa y también vamos a comprar la chancha paría».

La muerte en el tren

Íbamos arriba del tren y no sé por qué razón fui a parar con el sonidista a un vagón oscuro. Era la sala de máquinas. El tren corría a gran velocidad y pensé en apoyarme contra una pared. En cierto momento, caí en cámara lenta hacia el vacío infinito. Vi los árboles de un color translúcido recortados en el negro de un cielo que no existía a una velocidad de la noche. Alcancé a morir y mi amigo alcanzó en la oscuridad a agarrarme en el último suspiro. Me tiró de un ala hacia atrás y me salvó de caer en las velocidades de la muerte. Las máquinas hervían de calor y nuestros ojos empezaban a aclimatarse en la oscuridad, igual que los gatos se apropian de la claridad de la noche.

No había murallas en ninguno de los lados del tren. Solo era una plataforma llena de máquinas mohosas y viejas que se movían lentas, interrumpibles e irónicas. Nos quedamos en silencio. Sabíamos que lo que había ocurrido entre nosotros y la noche era algo incontable.

Fueron segundos largos y lentos en que nos quedamos mirando al infinito, los árboles que pasaban a toda velocidad diciéndonos: «Esto somos y ustedes no saben nada».

Volvimos a incorporarnos al interior de los vagones normales y no volvimos a hablar del tema de la muerte.

Hace unos pocos días soñé con mi amigo. No lo veo desde hace veinte años. Caminaba por un cerro de pastos secos y en una quebrada vivía él, entre unos palos. Estaba flaco y desdentado. Quise decirle cuánto lo quería, pero sus necesidades alimenticias no respondían a nada. Empezó a llegar gente y él se desconectó rápidamente de mí.

Desperté del sueño angustiada, asustada por aquel amigo que dejé de ver hace tantos años, así que decidí llamarlo.

—Leo, ¿cómo estás?

—Bien —me dijo.

—¿Vamos a almorzar a algún lugar?

—Sí —me dijo.

Quedamos de juntarnos.

Cuando salimos del vacío infinito nos incorporamos al tren, a la luz y a la normalidad, aunque ya no éramos los mismos. A ratos nos reíamos un poco, pero ya habíamos perdido el vigor de querer salvarnos de la caída fatal del vacío de la muerte.

Vecindario

Trato de hacer taichí mientras en la casa de al lado suena un reguetón. La vecina da sus clases acá, lo que implica todo tipo de gritos: «¡Vamos, chicas!», «¡Arriba!», «¡Aprieten los glúteos, chicas!». Su tono de voz, trasandino, me saca de mi supuesta paz.

Más tarde, en el pasaje, se juntan a escondidas los vecinos con un copete en la mano. Se reúnen detrás de un árbol para que la gente que está en el edificio del frente no los vea. Hace unos días gritaban desde un balcón: «¡Asesinos!», «¡Asesinos!».

Anoche me despertó un grito: «¡El virus es mentira! ¡El virus no existe!»

En cuarentena

LO QUE EN VERDAD ERA

Ella me había dicho que cuando tuviera doce años, yo viviría con ella. Ese momento, en todo caso, no llegó nunca. La descubrí recién a los veinticinco años. Era genial, irónica y divertida. Nos recuerdo caminando por Bandera buscando ropa usada, riéndonos de todo. No era nada de lo que me decían que era, sino la más preciosa flor natural que ha pasado por el mundo.

LA PRIMAVERA

No pienso dejar que la primavera me gane.
Ya está adelantada, eso sí.
Varias flores abiertas me lleva de ventaja.

«Huela asilo contra la opresión»

Por entonces, el liceo era lo más ordenado que ocurría en mi vida. Quizá lo más cercano a hacer el servicio militar.

Cada lunes había que cantar el himno nacional con camisa, fuera verano o invierno. Tiritábamos de frío mientras tratábamos de encontrar la fila. Eran muchas filas, listas para salir a marchar. En el escenario estaba la profesora de música, que dirigía con las manos a todo el colegio, como si se tratara de una orquesta sinfónica. Movía las manos de un modo volátil, como si se tratara de algo agradable. Cuando ya estábamos ordenados, ella elegía a alguien para que fuera a izar la bandera, entonces me escondía para que nunca me tocara. Había que ser bien mamón para pararse frente a todo el colegio y subir la bandera en cámara lenta. Algunos se negaban y, por supuesto, los castigaban dejándolos arriba del escenario.

Cuando partía la grabación roñosa, la profesora nos daba la partida. «Puro Chile es tu cielo azulado / Puras brisas te cruzan también.» A mitad de la canción ya había en el escenario una decena de alumnos rebeldes a quienes se castigaba por no cantar, así que todos los demás movíamos la boca como si estuviéramos, en verdad, cantando. Hacíamos mímica cuando pasaba al lado de nosotros el inspector. Cuando llegábamos a la parte «Que o la tumba serás de los libres», el colegio despertaba y lo que ocurría a continuación era un grito simultáneo de la palabra «libre» que nos ponía la piel de gallina: «Huela asilo contra la opresión.»

El rostro de la profesora oscilaba entre el susto de que el colegio la despidiera y el de unos ojos cómplices con todos nosotros.

Hubo un año en que ya ella no estuvo nunca más y la canción empezó a ser algo muy difícil. Difícil hasta de mover los labios.

VIVIANA

Cuando llegué al colegio en Santiago fue realmente desolador. Venía de una escuela ubicada en Isla Negra, donde todos los estudiantes cabían en una sala. Tenía compañeros de todas las edades. Cuando llegué a este nuevo liceo tenía cuarenta compañeros, todos iguales. Parecía una fábrica de niños. Me sentí rara de inmediato y me senté en el último puesto.

Estaba en tercero básico y el primer día me recordaron que venía de otro lugar. Se reían. «¡No sabe escribir!», me gritaban. Miré mi cuaderno y por primera vez vi mi letra. Era horrorosa. Tenían razón, no sabía escribir.

Mi compañera de asiento no hablaba. Era más tímida que yo. Tenía el pelo de un negro azabache. Era a la única compañera a quien tenía acceso. Todos los demás ya me habían negado, de partida, por mi caligrafía, su amistad.

Tiempo después otra compañera me trató de integrar al juego de la peluquería. Tenía que poner mi cabeza para que ellas hicieran peinados con mi pelo. Estábamos en medio de esta operación cuando una de ellas gritó: «¡Tiene piojos!».

De ahí en adelante quedé vetada para siempre.

Al mismo tiempo me liberé. Sentí que nunca hubiera podido encajar tampoco. Hubiera pasado a ser un medio con el cual entretenerse. Una especie de muñeca.

Mi compañera de asiento no hablaba. Sabía su nombre por la lista de asistencia. Se llamaba Viviana. Cuando me tocaba salir al recreo era la parte más complicada. Salir a deambular sola no era de lo mejor. Descubrí una sala en donde repartían leche con galletas, así que me ponía a hacer la fila, que a veces duraba el recreo completo.

Años después fui elegida como mejor compañera. No recuerdo si fueron cuarenta o cuarenta y dos votos. Creo que fue todo el curso. No entendí nada. Mejor compañera sin nunca haber hablado media palabra con nadie.

Algo ocurrió en mí. Una especie de signo de interrogación de las relaciones humanas.

Guerra de galletas

El liceo tenía un lugar en donde les repartían leche y galletas a los niños más pobres. No me consideraba pobre, pero nunca tomaba desayuno, por lo que llegaba ahí durante algunos recreos. Me gustaban esa leche grasosa de color amarillo y las galletas de harina de pescado. Eran tres galletas, y las hacía durar hasta que sonaba la campana. La señora que metía el cucharón gigante era muy mañosa y siempre gritaba cuando a alguien se le caía una gota de leche al piso. «¡Se van a quedar ustedes limpiando!», decía. Miraba el piso embetunado de cera roja, con un olor a cloro insoportable, y zambullía mi nariz en el vapor de la leche polvorienta.

Había algunos compañeros que hacían la fila de las galletas para después empezar la famosa «guerra de galletas». Eran tan duras como una verdadera piedra, de un tamaño que podía doler un poco, lo suficiente como para que nadie saliera herido.

Entraba una profesora desconocida a la sala e interrumpía la clase de matemáticas. Hablaba de la pobreza y de la humillación que suponía para otros niños que algunos se dedicaran a lanzarse las galletas.

Los niños pobres de los que hablaba no estaban a la vista. Nadie quería ser pobre y nadie quería ser apuntado como necesitado, por lo que los compañeros que realmente lo necesitaban preferían quedarse sin desayuno y pasar despistadamente como cualquier otro niño.

Había uno que otro niño que pasaba por la humillación del posible desprecio por parte de los demás compañeros; eran valientes. Llegaban rápidamente a buscar la leche, sin que nadie los viera.

¿En qué lugar me encontraba yo? Tenía algo de los dos lados, de extrema pobreza y también de riqueza, pero de un tipo de riqueza que en este colegio no se entendía.

ATENCIÓN AL CLIENTE

Los arquitectos llaman clientes a quienes les van a diseñar una casa. Siempre me molestó que así se los llamara. Prefiero llamarles pacientes. Tienes que ser un verdadero buda para poder llevar al dibujo todas las ansiedades y convertirlas en un lugar para sanarlas. Cada paciente tiene su complejidad y su forma de ver el mundo. Tienes que tratar de ayudarlo a ver lo que no ve. A veces también es al revés. Los pacientes te enseñan a mirar el mundo.

CISNES DE CUELLO NEGRO

Lo había acompañado varias veces a hacer clases, pero siempre lo esperaba en el patio o en la camioneta. En la *kleinbus*, como le decía él. Eran los días en que el papa vino a Chile y predicaba que el amor era más fuerte. Me quedaba estudiando mis partituras.

Un día ya no quise quedarme afuera. Justo era la última clase del año. Mientras estaba refugiada en las partituras rítmicas veía cómo se desplazaba de un lado a otro, dominando el escenario en todas sus dimensiones. De a poco fui saliendo de mi rítmica y puse atención a la clase. De repente apretó *play* en una grabadora y empezó a sonar «Angie», de los Rolling Stones.

Cuando terminó la canción, bajo un silencio absoluto, escribió en el pizarrón: «Adiós, estimados alumnos, y ahora a defender a los últimos cisnes de cuello negro que van quedando en nuestro país: a patadas, a combos, a lo que venga. La poesía nos dará las gracias». Se me apretó la garganta y los aplausos me pillaron desprevenida. Guardó uno por uno sus libros en el maletín. Sabía que esos aplausos durarían bastante, así que se tomó su tiempo.

Nunca olvidé esa despedida. Salimos con un grupo de estudiantes que no querían despegarse de él.

Ayer fueron las votaciones para cambiar la Constitución. Nunca había votado, pero esta vez se trataba de algo profundo, así que me armé de fuerza y salí. Cuando caminaba hacia la urna no sabía por quién votar. Miré las papeletas y me encontré con los ecologistas. Puse feliz mi raya sobre el papel en ellos y pensé que treinta años tuvieron que pasar para que recién ahora aparezca la opción verde.

¿Tú quieres que yo te perdone?

¿O quieres que te pida perdón?
Si yo te tengo que pedir perdón.
Lo hago.
Ya.
Te perdoné.

El masajista

Ayer caminaba sin rumbo. Traté de entrar en una tienda de calcetines. «No», me dijeron, «tienes que esperar». Había dos personas adentro y, por el aforo, no podía entrar nadie más.

Seguí caminando, giré y lo vi vestido de blanco, como un doctor de otro planeta. A un lado tenía una silla de masaje y al otro, un letrero con los precios.

Me acerqué a su mirada perdida y le dije: «Hola, ¿puede ser media hora?».

«Sí», me dijo, mirando hacia ninguna parte.

Antes de comenzar pegó un suspiro ancestral y cuando botó todo el aire dijo: «Hoy día he hecho seis masajes». Sentí que me tenía que hacer cargo de todo ese peso que depositaba en ese tremendo suspiro. «Mejor me quedo callada», pensé. Si me ponía a hablar, esto sería una sesión de psicología y bla bla bla.

De vez en cuando saludaba a gente que pasaba. Su boliche no tenía vidrio. Era transparente, por lo tanto, los masajes eran vistos por todos los transeúntes que tomaban el metro.

Me sentía tan adolorida que ni eso me importaba. Mi cabeza estaba apoyada en un reposacabezas ajustable, así que alguien solo podría reconocerme por mi cuerpo.

Cuando se acabó el masaje, le mostré la tarjeta para pagar. «Por favor», me dijo, «usted use la máquina: yo no veo mucho».

Hice toda la operación y cuando me despedí lo miré para despedirme. Él miró hacia otro lado, hacia el infinito.

Pensé que era un robot, un ser extraterrestre, un buda o un sabio occidental.

Me fui pensando que era la manera de protegerse de todas las energías ajenas. Después, en la tarde, pensé que podía ser ciego.

Hoy día pienso ir de nuevo.

Fase 4

Leyendo a Wittgenstein

El otro día, tratando de leer el *Tractatus*, me sentí muy identificada con Wittgenstein cuando le llamaba la atención a Russell por su prólogo. «No quise decir lo que tú dices» o una expresión similar.

Le dice que mejor se hubiera quedado callado.

Russell, que para mí era el equilibrio absoluto, se sale de madre al pretender creer que entiende algo de lo que Wittgenstein sospecha o, mejor dicho, ni el propio Wittgenstein sabe, pero lo intuye.

CUANDO LLEGA LA NOCHE

El día pasa deprisa.
Cada momento tiene su sol.
El problema es cuando llega la noche.

Siempre quise ir a Berlín. Era el momento. Había tocado fondo y me había quedado sola, en suspenso. No sabía cuál iba a ser mi destino. Cualquiera que fuera, este era el único momento en que se me presentaba tal soledad de poder decidir qué hacer con mi propia vida.

Tomé un avión y llegué a Berlín. Caminé de noche. No tenía nada programado. Hice lo que vi hacer a mi padre una vez que nos quedamos en pana en Melipilla, de noche, y empecé a buscar habitación de hotel en hotel.

En el primero hablé en castellano. El administrador, quizá por la hora, me contestó furioso en alemán. No sé lo que me dijo. Quizás algo como que solo podía ingresar con reserva. Seguí caminando y pasé junto a un montón de yonquis que hablaban en inglés. Seguí caminando, preparada para no encontrar hotel y pasar la noche caminando. Sentía una cierta paz, pero también miedo. De repente me di cuenta de que no tenía euros. Andaba con una tarjeta chilena que no servía para nada.

Llegué a otro hotel, en el lado oriental, donde me recibieron mejor.

El alemán a cargo me llevó a una pieza que parecía una clínica psiquiátrica. El techo era alto y sentía los sonidos anteriores al Muro de Berlín.

Tenía los horarios cambiados así que desperté con el alemán echándome del lugar.

Yo no sabía hablar inglés. Me metí a Google y puse: «Traducción de una noche más, por favor».

One night more, please.

Me dijo que no se podía, que la pieza ya estaba reservada por otros huéspedes, todo con una gesticulación que fui capaz de entender, así que empecé a buscar otro lugar.

Las bicicletas pasaban invisibles a la mente humana, melenas rubias y gente vestida con colores armónicos por todas partes.

Pasaron un par de días y yo ya tenía una vieja bicicleta. Decidí ir a Köpi, un edificio tomado por punkis. Me llamaba mucho la atención que los punkis ganaran la batalla a las inmobiliarias. Ahí me quedé toda la mañana, sentada en un sillón, mirando el cielo y haciéndome la invisible. Me sentía tranquila mirando cómo otros llegaban con montones de botellas de vidrio y fierros que recogían de la calle.

En un momento me pregunté qué tendría que hacer para ser recibida ahí.

Un joven que podría ser mi hermano llegó a las once de la mañana con una bolsa de pan que colgó de los árboles. Fue lo más singular y hermoso que me ocurrió esa mañana. Los punkis que salían del edificio metían la mano y sacaban su pedazo de manera distraída, como algo absolutamente incorporado a su yo interno. Yo también podría haber sacado, pero no lo hice.

Me quise quedar ahí para siempre.

Quizá debí haberme quedado.

En el museo

No tengo ganas de entrar a una caja cerrada
Para escuchar un par de historias
Y mamarme el olor a gringo y a francés.

Pasto seco

Días después volví, pero a pie. Todavía se podía llegar al caballo de la plaza Italia. Había gente fotografiándose. Sonaban unas trutrucas mientras, un poco más allá, los guanacos reprimían frente al Cine Arte Alameda. El sol se ponía detrás de los chorros de agua y estos formaban una especie de arcoíris. Pensaba en los ojos que ya se habían perdido y pensaba en mi ojo, que miraba el chorro de agua. Más allá, unos poetas instalaron un parlante con un micrófono y empezaron, igual que unos canutos fanáticos, a profetizar. Eran frases extrañas, sin sentido. Alrededor del caballo circulaban carros de supermercado repletos de cervezas. Era una especie de guerra con copete. Varios de los que estaban sentados en las escalinatas del caballo estaban completamente borrachos. No eran jóvenes, sino más bien gente de mediana edad. También vagabundos. Me pareció insólito esto de la venta de cerveza mientras al frente había una guerra.

Seguía mirando la guerra de lejos, sola, entre el caballo y los canutos. «Colombina», me dijo alguien, «¿cómo estás?». Era el vocalista de Parkinson. Estuvimos mirando en silencio este nuevo paisaje durante muchos minutos. Hablamos del suelo, que ahora era pasto seco y tierra.

Coincidimos en que era mucho más lindo que el pasto verde anterior.

LLUVIA DE PAVIMENTO

Últimamente lo único que tengo en la cabeza es que dentro de pocos días sale mi nuevo álbum. Son canciones que hice durante el encierro o, más bien, saliendo del encierro. Son alegres. Puse una pintura en la carátula. También la hice durante la cuarentena, después del estallido social. Son cuerpos volando sobre el parque Forestal.

La pinté después de pasar por ahí en auto.

Iba de camino a ver a mi hermano y cuando vi a la multitud corriendo para un lado y para otro en plaza Italia, decidí girar el auto e ir a mirar con mis propios ojos, pero un carro lanzaaguas, el guanaco, me obligó a parar. Entonces un joven de la primera línea se me acercó y me dijo: «Mamita, cierre la ventana que van a tirar un líquido tóxico». Acto seguido, un grupo de jóvenes pasó al frente a lanzar piedras. El tanque militar se tambaleó y vino el primer chorro. Las piedras comenzaron a llegar de todos lados. Ninguna me llegó. No eran piedras, eran trozos de pavimento de diferentes tamaños.

La pelea claramente la estaban ganando los jóvenes con pañuelos en la cara. Vi cómo se organizaban. Iban rotando. La lluvia de pavimento era permanente. Empecé a retroceder cuando algunos jóvenes me hicieron señas para que saliera de ahí. «Salga de aquí, mamita, está peligroso para usted.» Me fui pensando en esas piedras como cuerpos volando.

Pinté los árboles y dibujé a los jóvenes volando sobre el parque, como hojas cayendo en un nuevo mundo.

Días después de mi encuentro con la primera línea, nos avisaron de un virus invisible en el mundo que estaba matando gente. Nos encerraron y la guerra de jóvenes y guanacos quedó suspendida.

No sabía cómo llamar a este disco y le puse *amala*, una palabra que se me ocurrió mientras escribía una canción. Pensé que era una palabra inventada, nueva, pero en realidad existía: la investigué y descubrí su significado.

ESCENA VACACIONAL

Vi mil imágenes mientras tragaba y tragaba agua.
Desperté en la arena rodeada de gente y tú gritabas en *shock*.
Después supe que alguien me había hecho respiración boca
a boca.

ADVERTENCIA

Agradecería que en los próximos encuentros me llamaras por mi nombre y no me dijeras más «mi reina».

Opinólogos

Me dan mucho «grrrrrrrr» los opinólogos. Pienso que es una especie nueva, resistente y que no está en extinción. Es peor que los centros comerciales, que el propio capitalismo: es un tipo de fascismo que come papas fritas dentro de una iglesia que alguna vez fue solemne.

IGUALDAD

¿Por qué yo siempre tengo que seguirte el ritmo a ti y tú no a mí?

Tú sabes que soy obsesiva

Consígueme una foto para pegarla en el living.

Nave espacial

Perdóname. Esa vez llegué tarde. Me sentí un poco apretada en ese lugar tan pequeño para tocar. Era una terraza techada. No cabían más de diez personas. Estábamos haciendo un esfuerzo descomunal. Aunque parecía una nave espacial, no era el mejor lugar para tocar.

Ahora me pregunto: ¿cuál es ese mejor lugar? Es como decir: ¿cuál es el mejor lugar para sentirte bien? De todos modos, esa noche no era posible sentirse bien: el camarín era más grande que el escenario.

Esa fue la segunda vez que me dejaste tocando sin batería.

¿Por qué nos castigas así? Te bajas y te vuelves a bajar...

¿La verdad? Esa vez llegué tarde a propósito. Quería que estuviera repleto. Siempre hago eso cuando los lugares se ven vacíos.

FORMAS DE EVASIÓN

Cuando me viste de lejos, te pusiste nervioso. Hiciste como que te sonaba el celular y te pusiste a hablar de mentira.

LOU REED

Ayer me compré un libro de Lou Reed. Más bien, una biografía escrita por un periodista sobre la vida de Lou Reed. La foto de la portada era irresistible. Tal vez por eso mismo lo compré. Empecé a leer y no podía entrar en Lou Reed a través del lenguaje del periodista. Me puse mal, entonces me pregunté: «¿Qué hago? ¿Voy y lo devuelvo?». Lo cerré, caminé un rato y abrí al azar una página y me encontré con una frase dicha por él: «Yo creé a Lou Reed, no tengo nada ligeramente en común con el sujeto, pero puedo imitarlo muy bien. A la perfección».

Pegué un salto y mi vida se iluminó.

Sobre la belleza

Íbamos caminando a comprar chocolitos. Le dije: «Qué linda es la mujer con la que andas». Él me dijo: «Sí, pero la belleza después de una semana aburre».

De inmediato me pregunté a mí misma si acaso había preparado esa respuesta. La dijo de manera tan natural que le creí y me reí.

En el camino me acerqué a una pandereta monótona que tenía un agujero. Me detuve y miré hacia adentro. Había un campo lleno de pasto con cilindros de cemento gigantes. Imaginé unos cuerpos desnudos caminando, haciendo una vida normal entre los tubos. Llevando bandejas con comida. Había mujeres lindas.

Hoy volví a pasar frente a la pandereta. Descubrí que tiene más agujeros por donde se puede mirar. Imaginé un zoológico humano detrás del muro. Imaginé al pueblo completo mirando.

Masculinidad

Humillante tu manera de ser hombre.

No hay que pedir nada a la municipalidad

Prefiero meterme al mar y bucear un
Pescado antes que mirar en sus ojos
Mi propia humillación.

No debí contarte

No debí contarte
Sobre ella
Para que no me
Dieras consejos.

Trabajadores de la construcción

Veo a un hombre que maneja una máquina despegada cien metros del suelo. A veces lanza chuchadas desde el aire a los trabajadores que circulan abajo.

Es un punto en el aire imposibilitado de todo y no sé cuál será su misión, pero mientras lo contemplo arriba de esa máquina pienso en la insolencia del pensamiento.

Ropa usada

Lo más lindo de ir a la ropa usada en San Antonio era cuando, alucinada, me metía entre los fardos, buscando prendas como si se tratara de nuevas vidas felices.

Eran segundos en que me desconectaba de todo, incluso de ti, y cuando levantaba la cabeza para buscarte y no estabas, te llamaba con la desesperación que una madre tiene por un hijo.

Aparecías enredado entre los percheros de ropa, jugando, divirtiéndote, como un chanchito en el barro.

Teoría de la arquitectura

Al principio le hice el quite a la prehistórica realidad
Por eso me puse a hacer música para películas
Música para una irrealidad
Después traté de escapar a través del punk
Luego de giras miserables decidí experimentar en la arqui-
tectura
Empecé a engordar y a ser más tolerante
Tan tolerante que me empecé a sacar puros sietes
Salí de la universidad con distinción y me dediqué a hacer
casas para ricos
Ese era el público que quería casas diseñadas
No eran ricos sino gente que quería parecer rica
Vi cómo sus ojos brillaban buscando una vida ideal
No respondí a sus necesidades y les diseñé casas para hu-
manos reflexivos
Me equivoqué
Creí poder hacerlos felices y los vi felices mientras se
instalaban
Tiempo después varios de ellos se separaron
Otros vendieron sus casas y se cambiaron de barrio
Unos pocos se quedaron viviendo en ellas para siempre
sabiendo que la vida no es más que una nota de paso

En eso se me pasaron veinte años en que podría haber
escrito unas cuantas óperas
Pero la arquitectura inmortal quedó impertérrita
Quedó como una cueva llena de imágenes vacías
Delicada como una roca con musgo
A veces paso por la calle en donde está construida una de
ellas y experimento esa felicidad a medias
De haber construido algo tan perfecto e imperfecto al
mismo tiempo
A veces sueño con que la nueva familia que ha llegado la
esté habitando de un modo gracioso

SORDERA

Después de lanzar *Caída libre* me preguntaban:
¿Cuándo vas a hacer otro disco?
Todavía no escuchaban el primero y ya me estaban pre-
guntando por el próximo.

Artista invitado

Una vez un músico que invité a tocar a una banda en formación me dijo:

—¿Piensas salir a flote?

Luz y oscuridad

No sé por qué tengo el presentimiento de que la noche de hoy será de día.

Restorán chino

Estábamos con mi padre montando una exposición en Madrid cuando salimos un rato a dar una vuelta, buscando un lugar para comer.

Nos habían dicho que no podíamos cruzar cierta calle porque de ahí para allá pasaban cosas raras y podíamos estar en peligro. Bastó con que nos dijeran eso para querer ir. Cruzamos y entramos a un restorán chino. Nos sentamos en la barra y pedimos sopa. No había nadie más. La señora que nos atendió dijo: «Siéntense allá», y apuntó con su dedo una mesa lejana frente a una ventana. Le dijimos que no, que preferíamos seguir en la barra, que era más rico comer aquí. Con los ojos inyectados de ira dijo: «¡No! ¡Lico aquí no! ¡Lico allá!».

Nos vino un ataque de risa nerviosa e insistimos.

Ella volvió a responder:

—Lico aquí no. Lico allá.

Tuvimos que pararnos y cambiarnos.

De vuelta en el hotel prometimos no volver a cruzar la línea límite.

La corbata escondida

«¡¿Dónde está la corbata de Borges?!», gritaba mi padre. Con mi hermano nos mirábamos.

—¿Cuál corbata?

—De Borges.

—¿De Borges?

—¡Sí, de Borges! —repetía—. ¿Dónde está?

Con el Barraco empezamos a buscar la corbata sin saber siquiera cómo era. Corríamos de un lado a otro. Tenía algo de adrenalínico recorrer la casa entre gritos y jugar a encontrar una prenda que no habíamos visto nunca.

—¿Cómo es la corbata? —le preguntábamos—. ¿De qué color es?

—Es amarilla con líneas azules —nos decía—. ¡Alguien se la tiene que haber robado! Por la cresta, por las recrestas. ¡Esa corbata vale mucho!

No entendíamos por qué una corbata de otra persona generaba tanto revuelo. No sabíamos quién era Borges y apenas sabíamos qué era una corbata.

Más tarde, y más calmado, nos dijo que había encontrado la corbata. Estaba guardada. Nos avisó del hallazgo, pero no nos mostró la corbata misma. Creo que una vez la vi, no estoy segura. Me la imaginaba siempre que se perdía. La imaginaba brillante.

Después de la búsqueda nos contaba la historia: «Cuando nos conocimos con Borges hicimos intercambio de corbatas. Él se sacó su corbata y yo me saqué la mía».

Ahora que ha pasado el tiempo y que mi padre ya no está, leo a Borges y entiendo que el intercambio fue una máxima declaración de amor de parte del gran escritor argentino porque estoy segura de que fue él quien inventó el juego.

La secreta corbata que guardaba mi padre era esa declaración de amor, que dejaba de serlo si la corbata desaparecía. Y dejaba de serlo si no estaba escondida.

¿Dónde estará hoy esa corbata? Solo mi padre sabe dónde la dejó escondida.

Cosas de género

Las vacas sagradas de la televisión resisto
Resisto las reuniones sociales del vecindario de mujeres
Hablan entre mujeres cosas de mujeres
Yo puedo ser árbol, rama y cielo, pero mujer nunca
El cuchicheo femenino me deja fuera de todo alcance
de valor.

MOCHA

La rutina al interior de la sala de clases se vio violentada por una mocha.

—¡Hay mocha! —exclamó alguien—. ¡Hay mocha!

Mi corazón se aceleró. Había adrenalina en el ambiente.

—¿Quién? —preguntó alguien.

—La Colombina con la Condorito —respondió otro.

Nunca entendí de dónde nació el conflicto. Parece que me reí cuando alguien le hizo *bullying*. Un compañero que era más narigón que ella la dibujó en el pizarrón y yo me reí nerviosamente y ella se dio cuenta.

Yo me sentaba detrás suyo. La admiraba. El curso entero le hacía *bullying*. Tenía una personalidad arrabalera. Cada vez que la molestaban, se paraba de su asiento y hacía venias como si estuviera en la alfombra roja, recibiendo todo tipo de *flashes*. Su actitud me parecía alucinante. Quería ser su amiga, pero ella no dejaba que nadie se acercara. Vivía a la defensiva y a la ofensiva.

Así fue como ella me declaró la guerra.

Yo era la más tímida de la clase y lo más arriesgado que tenía era mi cuaderno, lleno de nombres de bandas de rock. Esa era mi única rebeldía.

El colegio ya estaba organizado para ir a ver la mocha. Yo no estaba preparada para eso y tuve que aceptar lo que ella me exigía. Si no me presentaba a la mocha, quedaría como una *lúser*. No frente al colegio; frente a ella, y era ella lo que me interesaba.

—¡Mocha a la salida! —gritaban los hombres. Creo que nunca había oído antes de una mocha protagonizada por mujeres.

El colegio entero salió en hordas, como animales, a mirar lo que se venía.

La Condorito había llegado primero y el círculo ya estaba hecho. Estaba lista para empezar el ataque. La masa de gente animaba y gritaba «Oh, oh, oh, oh, oh, oh, oh, oh...», cada vez más rápido.

Rápidamente se me tiró encima y en el tironeo se le cayeron los anteojos. Eran unos anteojos poto de botella muy gruesos. Cuando se le cayeron, vi por primera vez su cara. Sus ojos se achicaban buscándolos para reponerse ante la situación. Yo miraba todo esto desde un espacio infinito. Quería abrazarla, pero hubiera sido todo más humillante. Estaba en una situación muy incómoda. Volvió a ponerse los anteojos y empezó a darme hasta que no me acuerdo de nada más.

Lo que sí recuerdo es que después de ese día fui aceptada por ella como su mejor amiga. Nunca usamos esa expresión, «mejor amiga», pero internamente lo sabíamos. Estábamos unidas por algo más allá de todos los gritos llamando a la mocha.

Espejo

Cuando no logro nada, ni el espejo que miro me sonríe.
El espejo es la peor arma inventada por no sé cuál filósofo.
El inventor del espejo fue un filósofo.

Los límites del olvido

Los límites del olvido siempre me hacen frente
y se presentan como luces que me quieren decir algo.
Yo los hago esperar y les digo que la secretaria está en otra
llamada.

ESCRIBIR

Tengo mis dudas sobre lo que escribo, sobre el real interés en lo que busco. Antes quise que mis canciones no las escuchara nadie. Algo de voyerismo tiene todo esto. Tú mismo ahora estás mirando por un agujero cómo me desnudo. Crees que lo voy a hacer por completo. En verdad lo estoy haciendo.

ASTROS

Tengo que hacerme cargo del vacío.
De los astros que brillan cuando no les corresponde.

Pintura chilena contemporánea

Ciertos pintores saben creerse el cuento y pintan toda la vida igual. ¿Por qué? Porque su fórmula funcionó dentro de un grupúsculo intelectual no preparado para lo nuevo.

En Chile hay varios, y son los mismos que no envejecen: siguen pintando igual que hace cuarenta años. Pienso que en ellos no pasa el tiempo. Son expertos en detener el reloj. Son lo más parecido a una cirugía estética.

El fin de Los Ex

Estábamos en Iquique, en una discoteque repleta. El público era más bien adolescente. Estaba arriba del escenario tocando guitarra y un joven estiró su brazo y trató de tocarme un pie. Uno de los guardias le tomó el brazo bruscamente y le dio un empujón violento, protegiendo el escenario. Vi la cara de preocupación en el muchacho y tuve que darle un empujón con mi pie al guardia, en plena canción, desde arriba, para desestimar lo que había hecho.

Cuando el público se dio cuenta de eso, se abalanzó sobre el escenario en muestra de apoyo y sobrepasaron todos los límites. Sacaron al guardia y comenzaron a bailar entre nosotros. Saltaban vueltos locos, desorbitados, y hacían todo tipo de salvajismo cavernícola sobre el escenario. Un rito. Trance musical. ¡Dionisio!

El asunto es que tuvimos que parar de tocar. El dueño del local nos esperaba en su oficina para decirnos que esto no podía ser y que no nos pagaría. Yo no entré ni le vi la cara. Solo sé que cuando estábamos en el camarín todo era mortuorio. El dueño del local insistía en que había humillado al guardia frente al público y que había provocado todo esto. El baterista, que era muy correcto, le dio la razón al dueño del local.

Se suponía que al otro día seguía la gira, pero el baterista tomó un avión de vuelta a Santiago.

Así se acabaron Los Ex.

Tratos musicales

Estábamos en un pueblo. Teníamos que tocar en la noche y nos llevaron a almorzar a un tugurio paupérrimo de trato no muy amable. Nos pusieron algo para comer y un jugo yupi. Uno de nosotros pidió una Coca-Cola. Vino el mesero, trajo la bebida y con un gran golpe sobre la mesa dijo: «Esta la pagai vo'».

IGNORANCIA

A la persona que me llamó ignorante, quiero decirle que se lo agradezco porque me dio el nombre de mi próximo disco y me gustaría decirle que lea a Oscar Wilde cuando habla de Chuang Tzu en su relato «Un sabio chino».

EN LA OSCURIDAD

Estaba de paso en la casa de una pariente de mi madre. También era arquitecta. Una noche me levanté a deambular por la casa. Todos dormían, así que salí a la oscuridad, algo que siempre me ha gustado. Me gusta caminar en la oscuridad como si tuviera los ojos cerrados.

Deambulé en esa paz que solo hay en lo negro y de repente vi una maqueta sobre una mesa con una pequeña luz puntual iluminándola. Me quedé mirándola como si se tratara de una nave extraterrestre a punto de aterrizar en las zonas desconocidas del pensamiento.

Rayos de sol

Durante años mi padre reclamó que la casa que había elegido para vivir no tenía sol. Lo mismo pasaba en La Reina. Se castigaba recordando lo mal ubicada que estaba la construcción con respecto al sol. «Los arquitectos no piensan en el sol», decía una y otra vez.

Un día, cuando ya iba a medio camino en la arquitectura, decidí darle una sorpresa. Estábamos sentados comiendo causeo con la chimenea prendida y afuera empezaban a aparecer unos pequeños rayos de sol que, como todos los días, no entrarían a la casa.

Él andaba feliz y yo decidí que era el momento de hacer un agujero en la muralla. No sé si ya había visto la obra de Matta-Clark, pero en ese mismo espíritu empecé a romper la muralla. Con los primeros golpes soltó una gran carcajada. El agujero era de unos cinco centímetros. El rayo de sol entró caliente y brusco, como un trueno. Mi padre empezó a caminar de un lado a otro, celebrando la adrenalina del momento. Miró por el agujero y dijo: «¡Sigamos!».

Estuvimos en eso hasta que ya el pequeño agujero se convirtió en un gran ventanal por donde entraba no solo el sol, sino las palmeras, las gaviotas y las casas vecinas con torreones de arquitectura aristocrática.

Dejamos las vigas a la vista y solo pusimos un vidrio que a la semana se quebró porque la medida estaba muy al justo.

«Papá, me equivoqué», le dije. «Las medidas las tomé al justo y no consideré que el vidrio tiene que tener un centímetro de movimiento y se trizó.» Siempre hay que dejarle un poco al vidrio. Así que seguía, asustada, dando explicaciones. Comprar otro vidrio de ese tamaño era una locura.

«No hay que cambiarlo», dijo. «¿Es que acaso usted no ha visto el vidrio de Marcel Duchamp?»

Reemplazo

Una vez me invitaron a cantar. Antes de aceptar, me dijeron todo tipo de piropos. Entonces dije que sí. Fui a todos los ensayos, soporté el frío de la sala de ensayo y estaba lista para tocar con ellos en el Caupolicán cuando me desmayé. Alguien le avisó a la banda de que yo no podría salir con ellos al escenario.

Cuando desperté, estaba preocupadísima por no haber podido responder al *show*. Pensé en el vacío que había dejado.

Pasaron varios días y revisé el concierto en YouTube. Cuando llegó la canción que me correspondía interpretar, me encontré con que habían llamado a otra cantante.

Fue como cuando un novio te pone el gorro y enfrentas esa humillante situación sabiendo que con quien lo hace no tiene el amor que tú sí tenías.

Es de las cosas más desastrosas que me ha tocado vivir en la música.

Teoría del lenguaje

Tengo una pena de no tener las palabras para poder decírtelo de una manera que no te incomode.

No estamos hechos para entendernos. Tenemos idiomas distintos. Las mismas palabras significan otras cosas en tu mente. Para ti, «gracias» es algo que no tiene mayor trascendencia. Para mí es decir que te debo mucho.

Crees que decir «hola» es un saludo como cualquier otro. Para mí es decirte que te estoy viendo, que aquí estoy, para ti. Que es un nuevo día y que, sin embargo, y a pesar de todos los muertos, podemos sonreírnos y cantar un «hola» como si fuera un pájaro libre de todo árbol que pudiera rasguñarnos.

En cuarentena

DESCOMPOSICIÓN

No quiero sonar como nada de lo que ya existe.
Quiero sonar no existente.
Quiero no ser.

Poetas

Los verdaderos poetas no están en los libros ni en los grupos políticos de moda.
Tampoco en los paneles de conversación.
Menos en las universidades.
Los verdaderos poetas no saben que son poetas.

Ingresar al frío

Era lo que ella necesitaba.
Insistía en que le abrieran la ventana para tirarse e ingresar al frío.

TODO ME SUENA

Todo me suena
los huesos me suenan
los árboles me suenan
los pensamientos me suenan
todo me suena.

Una carta

En realidad, nunca tuvimos nada que ver tú y yo, así que no es malo que cada uno siga su camino, como si nunca nos hubiéramos topado. De hecho, ahora te veo como el mar o como la montaña: de lejos. Es que ya pasaron los días de la perturbadora cercanía y ahora somos distancia, somos nada, como lo que fuimos antes de conocernos. No hay nada que pueda confundir nuestros pasos. Yo lo entiendo como algo positivo y espero que tú también.

ENRIQUE LIHN

No cualquiera se llama Enrique y como si fuera poco tú
te llamas
Enrique.
Me alegra verte cuando llegas con tus grandes ojos de
planeta.
Me
miras y me registras, así como yo te registro hasta sentirte
mojado por la lluvia o reseco por el polvo.
Eres como un oso que llega a decirnos que está todo
tranquilo.
Como una parada frente a un precipicio de árboles.
Cada vez que llegas es como cuando ves emprender el
vuelo de un pelícano.
Tú eras nuestro pelícano:
Siempre llegabas,
Nunca te ibas.

Despedida

«Te quiero y no me voy a olvidar nunca de tus ojos cerrándose hasta dormir.» Lo dije fuerte, para que entrara en tu alma y quedara yo unida para siempre a ti. Una última frase que no se va a terminar nunca, que todavía está sonando.

Rutina

¿Qué pasa contigo?
Te estás poniendo cada vez más obvio.

PROPOSICIÓN

No puedo dar una propuesta. Estamos recién en las pro-
blemáticas. Que me exijas una propuesta es como separarse antes de estar juntos. O como subirse al metro sin
antes saltar el torniquete. O como comer cazuela cuando la papa todavía no está lista. Como decir te odio sin
haber amado.

SONREÍR DE FORMA LIVIANA

La vida se trata de sonreír cada vez más livianamente. Me faltan años para sonreír como Hamlet.

ELECCIONES

Si nadie votara
Algo en verdad pasaría.

Renovación

Hoy día me regalaron unos zapatos brillantes:
Nunca me había sentido como nueva.

Soy tu madre, que te cuidará siempre

Soy una mujer débil que se hace la fuerte. Soy débil. Soy pasto. Soy vaca. Soy una mezcla de edificio y acantilado. Soy un par de ojos que ven borroso. Soy una ola que se revuelca contra una roca. Soy una sábana usada de manchas familiares. Soy humanos marchando. Soy tristeza. Soy canto de ópera y cielo despejado. Soy una mujer llena de errores. Soy una avalancha de sentimientos dispersos. Soy fuerte y rompo murallas. Soy una serpiente llena de veneno. Soy una cuneta que mira a los transeúntes. Soy un pan fresco y caliente recién comprado. Soy risas de niño y recuerdos de anciano. Soy potro. Soy barro. Soy delicada melodía. Soy mujer y hombre al mismo tiempo. Soy un durazno dulce que baila de contenta. Soy carne y sangre y torrente de agua de una cordillera inútil. Soy perfecta cuando cruzo las líneas del metro. Soy la mujer de oro cuando me haces cariño. Soy una máquina que funciona porque sí. Soy un tsunami azul verde cuando defiendo a mis hijos. Soy papá. Soy martillo y un montón de voces que se contradicen. Soy la verdad del pensamiento de alguien. Soy tu hija, a quien siempre defiendes. Soy tu madre, que te cuidará siempre.

El nombre propio

Alejandro Jodorowsky tiene razón. Mi nombre iba a ser Pierrot. Así me llamaron hasta que nací. Mis padres estaban seguros de que sería un niño. Cuando mi madre me dio a luz, sintió que le fallaba a mi padre.

—¿Qué vamos a hacer? ¡Es una niña! ¡Pierrot es una niña!

—Se llama Colombina —dijo mi padre.

Por entonces mi padre estaba metido en la comedia del arte y no me quedó otra que llamarme como el amor de Pierrot, Colombina, quien después lo traicionó con Arlequín, y así fue como mi nombre se decidió, aunque mi madre hubiera querido que me llamara Montserrat. Quizá sentía que debía tener algo de sus ancestros catalanes, al punto de que nunca me dijo Colombina sino Colomba.

Después del primer nombre, mi padre me puso los nombres de las mujeres que más quería: Violeta y Clara. Violeta por su hermana, que ya no estaba, y Clara por su madre, que aún vivía. Llevo esos tres nombres marcados desde que nací. Colombina Violeta Clara.

Jodorowsky dice que los nombres son unas grandes mochilas que se cargan. No lo sé. Yo las llevo livianamente.

Menos mal que no me llamé Pierrot. Sería un payaso triste. A lo mejor, en el fondo de mí soy Pierrot y soy un payaso triste.

Parece que soy eso.

En este mismo momento soy Pierrot.

Me siento Pierrot hasta los huesos.

Desplazamientos

Iba caminando con mi cuerpo rígido de cuarentena. Vi perros con sus amos detrás de unas rejas. De repente vi un árbol y decidí abrazarlo. Mientras lo hacía, un humano vestido de deporte me miró con aspavientos. Mejor dicho, miraba la situación del árbol conmigo. Giré la cara para no toparme con sus ojos entrometidos y me encontré con una pareja mirando la misma situación. No alcancé a estar ahí ni siquiera unos segundos.

Me tuve que soltar.

Quiero poder abrazarlo en soledad. Voy a tener que esperar a que en la calle no haya nadie.

Quizá de noche. El árbol y yo. Nadie más

EL CONOCIMIENTO SOBRE LOS ÁRBOLES

Abraza un árbol.

Audición

La primera vez que llegamos a ese lugar pidiendo que nos dejaran tocar respondieron que lleváramos un casete. Lo hicimos. Cuando volvimos, nos dijeron: «Olvídense, a ustedes no los conoce nadie».

El que nos recibió abrió un cajón de su escritorio. «Pa' qué les voy a decir que lo voy a escuchar, si no lo voy a escuchar.» Dentro había cientos de casetes que otras bandas habían dejado a lo largo del tiempo. «Tomen, llévenselo», sentenció. Y luego el portazo. Tuvimos que girar por todo el país para que nos abrieran las puertas.

Risa de gaviota

Quiero aprender a escribir la manera en que chilla una gaviota, pero tampoco chilla, ¿grita?, tampoco. ¿Cómo escribo el sonido que hace una gaviota? Es una risa plena con algo de sarcasmo, mezclada con nada de inocencia. Es una risa que suena por encima de todos los demás pájaros. Cuando aparece ese sonido, se alegra el alma por un segundo o dos y luego se va lejos volando y vuelves a ser el mismo miserable de siempre.

QUÉ ES PEOR

La falsa alegría es peor que la verdadera tristeza.

Balance

Hoy día desperté llorando.
Por suerte me acosté riendo.

Retorno

Siempre se puede volver a New Order.

Tengo un agujero en el fondo

Tengo un agujero en el fondo
Pero no sé cuál fondo,
Porque en el fondo no lo siento.

Primero te conocí como el amigo gordo de mi padre, ese que traía pasta fresca y la preparaba él mismo. Después te conocí con *Palomita blanca*, cuando tenía quince años y me sentí identificada y ese libro fue mi adolescencia reprimida. Después te conocí en la tele, en *Cuánto vale el show*. Tú me convenciste de ir a cantar y me dijiste que, para ganar, solo tenía que cerrar los ojos mientras cantaba. Eso hice y resulta que gané. ¡Le gané al mago y al hombre chicle!

Fuiste el impulso que me faltaba para tirarme, cuando era una niña a la que le temblequeaban las piernas.

Allá arriba

Vicente, tu risa está riéndose todo el tiempo en las nubes y en el sol.

En cuarentena

LO QUE NO DIJE EN UN FUNERAL

Yo sabía que eras tú. Mi madre estaba feliz. Tú no me identificabas, pero yo a ti sí. ¿Por qué pudiste hacer en ella lo que nadie pudo? ¿Darle la calma que necesitaba? Calma que hubiera sido tormenta. Y eso es todo. Agradecer porque no tienes idea de lo que hiciste en ella y en mí. Así eras tú: una flor que no esperaba que le dieran las gracias.

A Jorge Tellier

Neblina

Hay algo penoso en la neblina.
Tiene que ver con el pasado.

SOY GUERRA

Soy guerra, soy bala, soy una flor que crece en lo seco.
Primero muero, después nazco. Puedo volar sin ni siquiera
decidir hacerlo. Te doy miedo porque parezco mala, pero
si me tocas verás que solo soy un alga en un tranque ro-
deado de montañas.

CATRILLANCA

Tengo puesta tu bala en mi cabeza
Mi tractor azul se está poniendo rojo
Mi cuerpo no pudo amarrarse al metal duro
Soy una especie de muñeco que no puede dirigir la dirección de su miedo
Ahora respiro y no escucho más disparos.

CREO HABER LEÍDO ESTO EN EL FACEBOOK
DE ALGUIEN

Todos los mapuche que han tenido un discurso y han sido líderes han sido eliminados porque las palabras son más peligrosas que las armas.

Estoy preocupada

No memorizo el nombre de las flores.

DILEMA

¿Qué es peor, obligar o prohibir?

A la hora del almuerzo

Un pájaro adentro de la radio.
Una zapatería sin zapatos.
¿Vende agendas?
No, ya se agotaron.
La hora del almuerzo.
Llega el mozo y anuncia los platos que ya no quedan:
Pollo a la valenciana.
Costillar.
Interrumpo. «¡¿Me podría decir lo que sí hay?! Traigo un hambre del demonio.»
En la esquina tienen pantalones de cotelé.
Entro a la tienda como si se tratara de un templo y pregunto por pantalones de cotelé.
Sí, hay gruesos y delgados y de diferentes colores y suena el teléfono.
La amiga con quien quedé para almorzar está en la esquina.

Insomnio

En silencio. Chocando, en mitad de la noche, con los muebles viejos.

ALIVIO

¿A quién le importa que la flor de ayer hoy ya no esté? ¿Si se abrió a medias o entera? ¿O si ese día estaba gris o era de un sol intenso? ¿A quién le importa si había caminado o no un gusano esa mañana y dejado sus huellas en la flor? ¿A quién le importa si estaba mojada o estaba seca, si estaba o no estaba, si era real o era irreal? El único alivio que me queda es pensar que a ella tampoco le importó.

MANERAS DE MESA

Lo que más me cuesta es adaptarme a las gesticulaciones de la academia.

Al escupitajo me adapto rápido.

Después le va a gustar

Cuando sea nostalgia.

MATERNIDAD

Hoy ayudé a mi hijo a hacer un biombo de paja. Le dije que lo amarrara para que el viento no lo botara, pero vino un viento fuerte y se cayó igual.

Gracias al viento estuvimos juntos toda la tarde.

Qué dice ella cuando nos habla en mapudungún

Según Ernst Cassirer, el hombre es un ser que utiliza y produce signos: un *animal symbolicum*. Un ser que, en otras palabras, se da a sí mismo y al mundo un sentido, un sostén y una orientación por medio de los signos. El sistema de signos más importante que usa el ser humano es su lengua materna natural, y es que cuando escuchamos a la machi hablar en su idioma, lo que ocurre es que nos encontramos desnudos frente a una nueva configuración de signos. Lo anterior no es malo, porque podemos acceder mejor a su angustia, al menos a través de la sonoridad. Cuando ella nos habla en su lengua, no hay símbolos puestos por nuestra cultura que distraigan de la finitud de ese Otro que no conocemos. Cuando nos habla, nos enfrentamos a escuchar sus sonidos, expresiones simbólicas de su autenticidad. Autenticidad en los términos en los que habla Heidegger, en los que expresa que la vida humana solo puede ser verdaderamente interior y totalmente auténtica en el lugar del que se es oriundo, de su mundo circundante.

Lo que la machi hace cuando nos habla en su idioma materno no es otra cosa que abrirnos las puertas de su casa.

MICK JAGGER

Hoy Mick Jagger cumple setenta y ocho años. Un niño todavía.

Recuerdo que una vez abrimos el *show* de los Rolling Stones en Chile. Él estaba trotando en los pasillos del Estadio Nacional. Alguien pegó un grito y dijo: «¡Se entran a los camarines y despejen el pasillo porque va a trotar Mick Jagger!».

En inglés eran los gritos.

—*Now!*

Nos metimos al camarín, pero nos quedamos pegados a la puerta para verlo y ahí pasó, trotando de blanco, con su doctor, también de blanco. El doctor trotaba al lado suyo con maletín. Yo lo miraba con la boca abierta, como si fuera una garza o una mariposa revoloteando en un lago.

Los pasillos estaban llenos de fantasmas que esquivaban a Mick Jagger.

Desde entonces, cada vez que he tenido un *show* eléctrico imito su rutina y me pongo a trotar antes de subir al escenario. Pero, a pesar de los esfuerzos, nunca voy a poder alcanzar su juventud.

ANTES DE QUE ANOCHEZCA

Te fuiste y le di la espalda al atardecer que veíamos juntas todos los días. Caminé de vuelta a la casa y una cuadra antes de llegar, giré hacia la izquierda por una calle desconocida y apareció el mar y una puesta de sol entre las nubes. Quería llamarte, pero no fue necesario.

PASE DE MOVILIDAD

La primera pandemia la pasé encerrada. Se atrofiaron mis músculos y mi mente. Para el segundo encierro descubrí que podía salir a caminar. Fueron días sin autos y el silencio de la ciudad. Muchos murieron. Yo misma perdí a Vicente. Esta vida no es más que un engaño y entremedio tenemos la frialdad de salir a votar.

ESTIMADO SEÑOR WITTGENSTEIN

Si pongo en duda el absurdo de los límites, empiezan a moverse como partículas los pensamientos que tienen dos velocidades. Simultáneamente. Por tanto, dos pensamientos iguales pueden existir, pero uno a una velocidad más lenta que el otro. Si un pensamiento puede repetirse en lugares diferentes del planeta, ¿también podría fuera de los límites de la razón?

Voy a escribirle dos cartas a Wittgenstein. Una la voy a mandar por correo y la otra por email.

Necesito mi espacio

Una cama y un velador.

Rutina

Que en la mañana se toma el desayuno
Que hay que levantarse y ducharse
Que a la una ya se almuerza
Puras reglas inventadas
¿Por quién?

Problema existencial

¿Puede un ermitaño pasar a saludar a otro ermitaño? «Gracias, amigo, pero será en otra ocasión.»

En la selva

Quiero mirar de nuevo esos largos pastos y cruzar la ciudad maldita y llena de semáforos para ver cómo talan los árboles y nos engañan con mallas de kiwi. Quiero ver cómo se rompe el suelo y cómo se llena de túneles negros mientras la muchedumbre mira con ojos llenos de credulidad absurda. Quiero ver ese pavimento que pesa como la muralla que separa el sol de la montaña o como las pisadas de un extraño en el jardín de tu casa. Quiero caminar debajo de tus pisadas y quiero ver cómo los árboles se ríen de ti.

MATERNIDAD

Dobla la espalda. Agáchate. Esconde a tu hijo. Abrázalo, cúbrelo y sálvalo de los misiles.

SHAKESPEARE

—Búsqueme el último diálogo de Hamlet con Ofelia. Después de eso, ella se tira al río —me dice.

Me pongo a correr por la casa buscando alguna edición.

—¿Encontró el diálogo? Es el último...

Lo empiezo a leer en voz alta.

—¡No, pues! ¿Qué es eso? ¿Quién escribió eso?

—Es una traducción —le digo.

—¡No, pues! ¡Esto se lee en inglés!

POR FAVOR

Empaquéteme dos corazones en papel de regalo.

La verdad de la vejez

Estabas esperando a que decantara. Apareces como si siempre hubieras estado presente. Hasta te diste el lujo de decir que ese árbol había que cortarlo. Me dijiste que podía ser peligroso, que podía caer arriba de la casa. También preguntaste si tenía las raíces podridas. Me quedé pensando en tantas cosas. En sus piñas, en sus años, en la verdad de su vejez.

Hay días como este

Confusos
Como piedras y risas desde una casa vecina.

¿HAS TIRADO ALGUNA VEZ UN TROZO DE PAVIMENTO?

No tienes idea de la rabia.

El amigo

Lo que más me gustaba de mi amigo es que trepaba a los árboles como un animal. Miraba desde arriba y comenzaba a aullar. Empezaba a despuntar ramas y el sol iba apareciendo como pedazos de paz.

MARTA

Te quiero regalar un día en que no trabajes.
Te quiero regalar eso para siempre.

Belleza peruana

Si pudiera sacarte de esa silla que odias y que te humilla, de esas carnes que se cuecen y te tapan de humo. Tu mamá tampoco sabe por qué ni cómo. Yo quisiera llorar contigo, pero eso es más humillante. Bajaste la mirada para que no te atrapara y caí sin aviso de rodillas sobre un pavimento fétido. No me acuerdo de lo que pasó después. Me levantaron dos o tres señoras que me preguntaron de dónde venía.

Fragilidad

Hay cobardes tan cobardes que, además de ser cobardes, se hacen los valientes.

Reflexiones a primera hora

Abrí mi mail y la muerte aparece, homenajeándome.
A veces abro la boca para decir algo y digo algo totalmente distinto.

En verano

Podía quedarse horas tomando sol de un modo imperté-
rrito. A veces se subía al techo para que no la vieran. Subía
la manguera y dejaba caer un fino chorrito que delataba,
en la lata caliente el espesor cálido del vapor evaporado. Él
salía furioso y gritaba:

—¡La capa de ozono!

Días de semana

Días apacibles como un lago quieto
o días turbulentos como un mar furioso.
A veces aparecen, entremedio, días que no son ni lo uno
ni lo otro:
son días de ramas brotando
hasta llego a escuchar el sonido de las flores.

CLASES DE GUITARRA CON CLARA SANDOVAL

Sentada en la cama y apoyada en sus cojines de telas de todos colores, mi abuela parecía una reina, cuando un día tomó la guitarra para enseñarme cómo tenía que poner los dedos sobre el diapasón.

Después de enseñarme dónde iba cada dedo, se puso a canturrear encima con voz de cabeza. Una voz aguda, como un sonido que ya no existe.

«Esta canción se la hice a ese que está ahí», dijo ese día, apuntando con un rápido gesto al pasar en dirección a mi padre, que conversaba con la Yuca y se reían de unos papelitos. La parte que más me gustaba de la canción era cuando él partía en un buque navegando y la niña que lo quería casi se había muerto llorando. Ella, por encima de todo, aparecía en la canción como la madre fuerte, diciendo: «Déjenlo que se vaiga, la vida no lo sujeten, déjenlo que navegue cinco o seis meses».

Al final aparecía la nostalgia: «Cinco o seis meses sí, yo le escribiera, pa' decirle a Segundo que se volviera».

Serenidad

Ella miraba por la ventana. Había llovido después de años y todo se ponía verde en segundos. Las plantas parecían vivas y sentía que le hablaban y calmaban sus ojos.

EN RESUMIDAS CUENTAS

Yo no tengo nada que ver contigo.
Si tú vas al norte, yo voy al sur.
Si tú comes manzanas, yo como plátanos.
Si tú bostezas, yo estornudo.
Si tú te ríes, yo lloro.
Es simple:
No tenemos nada que ver.

La hora de la siesta

Empezaba a moverse la tierra. Yo estaba segura de que el mar se salía, así que me agarré de un árbol. Me abracé a él y lo imaginé flotando sobre el mar y yo, salvada, sobre este. Era un diluvio. Moría mucha gente y yo me preguntaba por qué no se agarraban de un árbol.

Llegando al colegio

—¿Desinfectó el computador? —nos pregunta la profesora.

—No.

—Desinféctelo pues. Ahí están las toallitas.

Treinta segundos después:

—¿Desinfectó la colación?

En cuarentena

En el suelo

¿Cómo recojo mis pedazos ahora?
¿Y los tuyos?
¿Los recoges tú?

Reencuentro

Ella se separó sin saber que, años más tarde, el pequeño árbol que plantó cubriría a los nuevos hijos de la nueva mujer que en esa casa ocupaba su lugar. Estaba lleno de vida y frondoso. La nueva mujer nunca se enteraría de que había plantado ese gran árbol que cubría todo, incluso a ella.

Pensó que había valido la pena separarse para que la vida le mostrara este gran encuentro con el árbol.

Después pensó que ella era el árbol y que estaría cubriéndolos para siempre.

Bajando por Grecia

Hace unos días conversaba con otra arquitecto que me mostraba la manera en que dejaba las maderas de un negro mate opaco. Pensé que hay muchos tipos de elegancia. «Mira qué elegante queda», me dijo. Y sí, se veía elegante.

«Te fijas que, si le pones el sellante, se le va esa cosa media rústica que a algunos les gusta.» Lo dijo bajando la voz, para que no se notara lo que me estaba diciendo.

Me acordé de Rem Koolhaas cuando dice que no hay nada más aburrido que lo elegante. Eso, sin embargo, no se lo dije, porque ella era una buena persona y para qué impacientarla y sacarla de su espacio familiar. Koolhaas dice que todas las buenas ideas las aprendió del mal gusto. «Nunca saqué una buena idea de lo elegante», llegó a decir.

Hoy tuve que bajar por avenida Grecia. «Tuve», digo, porque los mismos maestros me advirtieron que no lo hiciera porque había protestas. Crucé y bajé igual. Era Halloween. Las casas tenían instalaciones de luces con diferentes formas creativas.

Me acordé de Koolhaas de nuevo.

Una mamá con un hijo frente al museo

El hijo le dice a su mamá: «No sé por qué tienes que descansar. Es que siempre estás retrasándolo todo. ¿Qué haces ahí, tumbada?».

Casa okupa

Hoy está programada una lectura en la casa okupa. Los poetas anarquistas toman cerveza, fruncen el ceño y escriben sobre torres de alta tensión.

Cuerpos y repetición

Tú dices que la repetición no vale, que escribir sobre cuerpos tampoco. Sucede que yo me muero de cuerpo. Me dilato de cuerpo. Me agacho de cuerpo. Me doblo de cuerpo. Me entierro de cuerpo. Me arrastro de cuerpo.

Me dices que la repetición no y yo me muero de morir, de morir, de morir, de morir. Sí, sí, sí, quiero repetir. No puedo no repetir. Repito y repito y repito. No me digas que no puedo repetir. No me digas que de cuerpo no.

ATROZ

Me interesan varias cosas de ti: tu diente de vampiro y tu cuello, pero lo que más me gusta es escuchar cómo pronuncias la palabra «atroz», esa que solo a tu rancia burguesía le sale con ese verdadero desparpajo ingenuo que hace de esa pequeña palabra, a su vez, una sonoridad atroz, en la que me dejo caer como un algodón que no siente nada y dejo de sentir el paso del tiempo en lo que dura y deja de sonar.

Tú y yo

Uno allá, otro acá y, entre medio, el abismo brutal de lo que fue.

Boca cerrada

Mi padre me llevó al dentista. Llegamos a una cloaca que quedaba detrás de unos patios traseros de fuentes de soda.

—Siéntese ahí y abra la boca —dijo el doctor.

—¡¿Qué pasó aquí?! —gritó el dentista—. ¡Está lleno de caries! ¿Hace cuánto que no visita al dentista?

—Nunca había venido —respondí.

—¡Pero cómo! ¿Usted qué edad tiene, quince? —insistió el doctor.

—No, dieciséis —volví a responder.

—¿En dieciséis años nunca fue al dentista? —preguntó, incrédulo.

Mi padre le interrumpió:

—Ya, póngale todas las amalgamas.

Le encantaba la palabra «amalgama» y cuando la pronunciaba, sentía que ya estaba solucionado el problema.

Estuve toda la tarde sentada en esa carnicería infernal y cuando llegué a la casa, abrí la boca frente al espejo. Era una línea negra desde el primer diente hasta el último. Una tras otra, cada tapadura negra. Parecía una boca metálica. Me entretenía la idea de ganarle en tapaduras al que se me cruzara. Las amalgamas me gustaban también.

Años más tarde, en clases de canto, me dijeron: «Imagínate cómo hay que cuidarse los dientes, porque cantar es
abrir la boca...».

Imagínate si abres la boca y está llena de tapaduras
negras.

Registré ese dato y para cantar no volví a abrir la boca.

Canté toda la vida con la boca cerrada.

El viejo y el mar

Con esa somnolencia despierta con la que la vida de un desconocido te importa, apareció entre la lluvia de información disponible en Facebook una foto de un chascón hecho trizas. Lo volví a mirar y no era la imagen de un futbolista ni la de un actor ni la de un desconocido, sino de mi amigo. ¡Es mi baterista!, pensé. No. No era mi baterista, en realidad, sino que era baterista de él mismo. El baterista de los Ganjas. Mi baterista que no era mío, pero sí.

Estaba demacrado, vestido de hospital, con el celeste de enfermedad que se tomaba toda la foto. «Amigo, qué necesitas», le pregunté. «Lectura», me contestó.

Leí rápido y partí camino al Hospital Clínico de la Chile.

Pregunté por su nombre, pero me dijeron que no existía información sobre él, lo que me pareció liberador.

Me acerqué entonces a cualquier enfermera que riera junto a sus amigas mientras tomaba café.

Crucé infinitos corredores hasta que llegué a su pieza. Era una sala común, con cuatro camas. Rápidamente di con la chasca de mi amigo. Una chasca desteñida por los años.

Le había prometido por chat llevarle *El viejo y el mar*. Se me ocurría que era la única manera de sacarlo de ahí. Cuando me vio, se paró de la camilla. «¿Tú estás loco?», le dije, «¡acuéstate!».

Su inconsciente lo llevó, quizá, a la sala de ensayo o al concierto de Patti Smith que abrimos juntos. Se levantó como si estuviera listo para salir a tocar.

Volví a decirle: «Acuéstate». Le entregue los dos libros que había elegido para él.

Alcancé a tocar su pelo como si estuviera frente a un niño alicaído y pegó otro salto. «¡Pero este no es *El viejo y el mar*!», me dijo.

«¿Cómo?», pregunté.

«Sí, mira, este no es», contestó.

«Ah, me equivoqué, pero ese es tan bueno como *El viejo y el mar*. Es que estoy piti. *Siddhartha* ya lo leíste, ¿no?». Su cara era de desilusión. «Es que me equivoqué porque son del mismo color», le seguí explicando, sin que pudiera cambiar en su rostro el semblante de desencanto.

No logré sacarlo de mi gran equivocación.

Una enfermera algo chinchosa nos preguntó si podía sacarse una foto con nosotros para mandársela a su marido. «Bueno», le dije, y tapé uno de mis ojos con la tijera como siempre hago para que no me roben el alma. Mientras tanto, uno de los enfermos se levantó de aburrido y desesperado. Deambuló en su metro cuadrado, al ritmo de la tortuga, mientras mi amigo prendía el computador y me distraía con una nueva banda chilena inspirada en Siouxsie and The Banshees.

Nos dejamos llevar por las guitarras y desaparecimos por varios minutos.

No podía volver a la realidad del hospital pues habría sido una impertinencia para él, para todos los acostados en sus camillas, así que me paré abruptamente y me fui.

Cuando iba de camino a casa pensaba en el error de no haber mirado bien el libro antes de llevárselo. Pensé que mi amigo pensaría que no me importaba tanto y que *El viejo y el mar* se lo había prometido para salir del paso. Me puse a pensar en los pescados y en el bote a la deriva.

Me puse a pensar en que tenía que volver para poder rescatarlo.

ECOSISTEMA

Cuando se cae un árbol
Algo de mí también se cae.

Pelotas de playa

Llegaba en su *kleinbus* como un día cualquiera de clases en la tarde, pero esta vez venía repleto de pelotas desinfladas. Tal cual. La camioneta repleta de pelotas de playa desinfladas. Por las ventanas de la camioneta solo se veían más y más pelotas aplastadas, como sardinas embutidas en un tarro. Fue entre divertido y extraño ver esa imagen inexplicable y al papá llegando con mucha adrenalina, como si en el camino se hubiera encontrado todo esto como un tesoro.

—Ya, vamos a vender pelotas —nos dijo—. Vamos a vender pelotas en la playa.

Mientras sacábamos las pelotas decidimos inflar una, pero no encontrábamos los pitutos.

—¡Busquen los pitutos! —dijo—. Tienen que venir. Tienen que estar por ahí.

No aparecieron.

Después de esta emoción, en que estaba seguro de que sería un gran negocio, mi padre se encerró a leer por varios días. Nosotros, mientras tanto, sacábamos una y otra pelota para cada niño del barrio que llegaba a ponerse a la cola. Los pitutos jamás aparecieron, así que tuvimos que inventar un mecanismo para inflarlas.

Una mañana el papá se despertó entusiasmado.

—¡Ya! ¡Vamos a vender las pelotas!

Pescamos algunas y la verdad es que la situación empezaba a ser sospechosa.

Nadie quería bajarse del auto a vender pelotas.

Fuimos a Punta de Tralca. La playa estaba llena de veraneantes al sol. Mirábamos el mar en silencio, con una mirada aproblemada y viendo la playa por primera vez con otro significado. La playa ya no era la playa para gozarla, sino que era para los demás y no para nosotros.

—¿Quién se va a bajar a vender las pelotas? —preguntó el papá.

Nos quedamos callados. Teníamos entre diez y doce años.

—Bueno, yo lo hago —dijo mi hermano.

Se bajó del auto con tres pelotas de colores que saltaban a la vista de cualquiera y, aunque no estaban infladas del todo, eran realmente lindas. Tres faroles que se iban perdiendo en la multitud de los veraneantes.

Después de media hora mi hermano volvió, derrotado.

—No se vendió ni una pelota —dijo.

Nos devolvimos a la casa en un silencio sepulcral. Nunca más en la vida se habló de las pelotas. Esa infinidad de juguetes en potencia nos acompañaron durante toda nuestra infancia. Sin pitutos, pero eso era lo de menos.

Advertencia

Un perro negro en plena carretera
Moviendo la cola.
Burlándose de la planificación urbana.
El mundo animal frente al mundo de cemento gris.
Algo me quiere decir ese perro:
Que soy una tonta de todas maneras.

Recapitulando

Sigue de moda morir.

En cuarentena

MAPA DE LAS LENGUAS UN MAPA SIN FRONTERAS 2023

Papel certificado por el Forest Stewardship Council®